Jack se había quedado sin voz. El corazón se le salía del pecho por la emoción.

—Estamos en el interior de una base lunar de investigación científica —dijo.

—Sí, ¿y? —preguntó Annie.

—¿No te das cuenta? Estamos en la Luna —explicó Jack.

Annie miró a su hermano con asombro.

—¿Estamos *en* la Luna? —volvió a preguntar.

Jack asintió con la cabeza.

—En el libro dice que la base lunar fue construida en el año 2031. Eso quiere decir que este libro fue escrito *¡después!* Entonces... estamos en *¡el futuro!* —dijo Jack impresionado.

La casa del árbol #8

Medianoche en la Luna

Mary Pope Osborne
Ilustrado por Sal Murdocca
Traducido por Marcela Brovelli

LECTORUM
PUBLICATIONS INC
a subsidiary of Scholastic Inc.
New York

Para Jacob and Elena Levi
y Aram y Molly Hanessian

MEDIANOCHE EN LA LUNA

Spanish translation copyright © 2004 by Lectorum Publications, Inc.
Originally published in English under the title
MAGIC TREE HOUSE #8: Midnight on the Moon
Text copyright © 1996 by Mary Pope Osborne.
Illustrations copyright © 1996 by Sal Murdocca.

Published by arrangement with Random House Children's Books,
a division of Random House, Inc., 1745 Broadway, New York, NY 10019.

MAGIC TREE HOUSE
is a registered trademark of Mary Pope Osborne, used under license.

1-930332-69-6

Printed in the U.S.A.

Library of Congress Cataloging-in-Publication Data.

Osborne, Mary Pope.
 [Midnight on the moon. Spanish]
 Medianoche en la luna / Mary Pope Osborne ; ilustrado por Sal
Murdocca ; traducido por Marcela Brovelli.
 p. cm. — (La casa del árbol ; #8)
 Summary: The magic treehouse takes Jack and Annie to a moon base
in the future, where they continue to search for the fourth thing they need to
free their friend Morgan from the magician's spell.
 ISBN 1-930332-69-6 (pbk.)
 [1. Moon — Fiction. 2. Time travel — Fiction. 3. Magic — Fiction.
4. Science fiction. 5. Spanish language materials.] I. Murdocca, Sal, ill.
II. Brovelli, Marcela. III. Title. IV. Series: Osborne, Mary Pope. Magic tree
house series. Spanish ; #8.
PZ73.07478 2004
[E] — dc22
                                                              2004001723

Índice

Prólogo

Un día de verano, en el bosque de Frog Creek, Pensilvania, de pronto apareció una casa de madera en la copa de un árbol.

Jack, un niño de ocho años, y su hermana Annie, de siete, al pasar por allí, treparon al árbol para ver la casa de cerca.

Al entrar, se encontraron con un montón de libros desparramados por todos lados.

Al poco tiempo, Annie y Jack descubren que la casa del árbol tiene poderes mágicos, capaces de llevarlos a los sitios ilustrados en los libros con sólo apoyar el dedo sobre el dibujo y pedir el deseo de ir a ese lugar.

Así, la magia de la casa del árbol lleva a

Annie y a su hermano a la época de los dinosaurios, de los caballeros medievales, de las pirámides, de los piratas, de los ninjas y también, al bosque tropical del Amazonas.

A lo largo de sus travesías, Annie y Jack descubren que la casa del árbol pertenece a Morgana le Fay, una bibliotecaria con poderes mágicos que, desde la época del Rey Arturo, ha viajado por el tiempo en busca de libros para su colección.

Un día, Annie y Jack encuentran una nota, la cual les revela que Morgana ha caído presa de un hechizo. Para poder liberarla, Annie y su hermano viajan en la casa del árbol, en busca de cuatro cosas muy especiales.

En Japón, con la ayuda de un pequeño ratón, llamado Miki, logran encontrar la primera cosa. Más tarde, encuentran la segunda cosa en el Amazonas y la tercera, en la Era Glacial.

Ahora, Annie, Jack y Miki van en busca de la última cosa en... *"Medianoche en la Luna"*.

1
Bajo la luz de la luna

—¡Jack! —se oyó por lo bajo.

Jack abrió los ojos y vio una silueta junto a su cama.

—Vamos, despierta. Vístete enseguida. —Era la hermana de Jack, Annie.

Jack encendió la lámpara de la mesa de noche y se frotó los ojos.

Annie seguía parada al lado de la cama de su hermano, vestida con un pantalón vaquero y una sudadera.

—Tenemos que ir a la casa del árbol —dijo ella.

—¿Qué hora es? —preguntó Jack mientras se ponía los lentes.

—No mires el reloj —sugirió Annie.

Jack miró la hora en su reloj.

—¡Estás loca! Es medianoche, está muy oscuro —dijo.

—No, Jack, con la luz de la luna podremos ver sin ningún problema —agregó Annie.

—Esperemos hasta mañana —insistió Jack.

—No. Ni lo pienses. Debemos encontrar la cuarta cosa. Tengo el presentimiento de que la luna llena nos traerá suerte.

—Es una locura, Annie, déjame dormir.

—Podrás dormir cuando regresemos —respondió ella—. Además, cuando volvamos todavía será medianoche.

—¡Caray! —exclamó Jack, resignado. Y salió de la cama.

—¡Genial! —murmuró Annie—. Te encuentro en la puerta de atrás—. Y salió de la habitación de su hermano en puntas de pie.

Jack bostezó y se puso los pantalones,

una sudadera y las zapatillas. Luego, guardó el lápiz y el cuaderno en la mochila y bajó por la escalera.

Annie abrió la puerta de atrás y, muy despacio, salieron al patio.

—Espera —dijo Jack—. Necesitamos una linterna.

—No, ¿para qué? Con la luz de la luna será suficiente —dijo Annie mientras se alejaba.

Jack respiró hondo y comenzó a caminar detrás de su hermana.

"Annie tiene razón", pensó Jack; la luna brillaba con tanta intensidad que podía ver su propia sombra reflejada en el suelo con toda nitidez.

Muy pronto, ambos abandonaron la calle de su casa y Annie se internó en el bosque de Frog Creek. Jack la seguía unos pasos más atrás. Bajo los árboles, todo se veía mucho más oscuro.

Jack miró hacia arriba tratando de divisar la pequeña casa de madera.

—¡Allí! —dijo Annie.

La casa del árbol resplandecía con la luz de la luna.

Annie se agarró de la escalera de madera y comenzó a subir.

—Ten cuidado, no te apures —sugirió Jack mientras seguía a su hermana unos escalones más abajo.

Luego, entraron en la casa del árbol. La luz de la luna se colaba por la ventana brillando sobre la letra "M", tallada en el suelo de madera.

Iluminaba las tres cosas con "M", colocadas sobre la letra: *la piedra de mármol* del Maestro ninja, *el mango* del bosque tropical del Amazonas y *el hueso de mamut* de la Era Glacial.

—Sólo nos falta encontrar la última cosa para liberar a Morgana del hechizo —dijo Annie.

Cric.

—¡Miki! —exclamó la niña.

La luz tenue, que entraba por la ventana, reveló la presencia del pequeño ratón sentado sobre un libro abierto.

—¿No esperabas vernos aquí tan tarde, verdad, amiga? —preguntó Annie alzando a Miki entre sus brazos.

Jack levantó el libro en el que Miki estaba sentada.

—Bueno, ¿adónde nos toca ir esta vez? —le preguntó Annie a su hermano.

Jack acercó el libro a la ventana.

—¡Uf! —exclamó—. Te dije que íbamos a necesitar una linterna; no puedo leer casi nada.

Apenas se distinguían algunos diagramas y varios dibujos.

—Fíjate lo que dice en la tapa —sugirió Annie.

Las letras del título eran bastante grandes. Jack leyó lo que decía en la tapa del libro.

—El título es: *"Una visita a la Luna"* —dijo Jack.

—¿Vamos a ir a la Luna? —preguntó Annie con la respiración entrecortada.

—De ninguna manera —dijo Jack—. Es imposible viajar a la Luna sin la ropa y el equipo necesarios.

—¿Por qué?

—Porque allí no hay oxígeno, no podríamos respirar. Y no sólo eso; de día, nos calcinaríamos y de noche, se nos congelaría la sangre.

—¡Oh, oh! —exclamó Annie—. Entonces, ¿adónde crees que iremos?

—Tal vez, a un lugar de entrenamiento para futuros astronautas —explicó Jack.

—Parece lógico —agregó Annie.

—Así es —dijo Jack, que siempre había soñado con ver a un astronauta y a un investigador del espacio.

—Bueno, entonces, pide el deseo —dijo Annie.

Jack volvió a abrir el libro y apoyó el dedo sobre el dibujo de una estructura con forma de cúpula.

—Queremos ir a este lugar —dijo.

El viento comenzó a soplar.

La casa del árbol empezó a girar, más y más rápido cada vez.

Después, todo quedó en silencio.

Un silencio *absoluto* y una quietud insospechada.

2
Hotel espacial

Jack abrió los ojos y miró por la ventana.

La casa del árbol había aterrizado en el interior de una amplia habitación pintada de blanco.

—Parece un salón de clases, ¿no? —preguntó Annie.

—No lo sé —respondió Jack.

La habitación tenía forma circular y no había ninguna ventana. El piso era de color blanco y una de las paredes presentaba una curvatura de lado a lado, iluminada con luces muy brillantes.

—¡Holaaaa! —dijo Annie en voz alta.

Nadie contestó.

Jack se preguntaba dónde estarían los astronautas y los científicos, exploradores del espacio.

—Aquí no hay nadie —dijo Annie.

—¿Cómo lo sabes? —preguntó Jack.

—Lo presentí cuando entramos —respondió Annie.

—Será mejor que averigüemos dónde estamos —sugirió Jack mientras observaba la página del libro de la Luna. Debajo del dibujo de la pared iluminada, decía:

En el año 2031, se construyó una base de operaciones científicas en la Luna. La parte superior de esta estructura tiene forma de cúpula y posee una abertura en la mitad, la cual, por medio de movimientos deslizantes, permite la entrada y salida de las naves espaciales.

—¡Increíble! —susurró Jack.

—¿Pasa algo malo? —preguntó Annie.

Jack se había quedado sin voz. El corazón se le salía del pecho por la emoción.

—Estamos en el interior de una base lunar de investigación científica —dijo.

—Sí, ¿y? —preguntó Annie.

—¿No te das cuenta? Estamos en la Luna —explicó Jack.

Annie miró a su hermano con asombro.

—¿Estamos *en* la Luna? —volvió a preguntar.

Jack asintió con la cabeza.

—En el libro dice que la base lunar fue construida en el año 2031. Eso quiere decir que este libro fue escrito ¡*después*! Entonces... estamos en ¡*el futuro*! —dijo Jack impresionado.

—¡Guauuu! —exclamó Annie—. Morgana debe de haber viajado al futuro para conseguir libros más modernos.

—Así es —agregó Jack—. Y, ahora, noso-

13

tros estamos en el futuro y en la Luna, un montón de años después de nuestra época.

¡Cric! ¡Cric!

Annie y Jack miraron a Miki, que corría enloquecida, dando vueltas sin cesar.

—Pobrecita —dijo Annie.

Trató de alzarla, pero Miki se escondió detrás del mango, que estaba sobre la letra "M".

—Tal vez está nerviosa porque estamos en la Luna —dijo Annie.

—Te aseguro que no es la única que está nerviosa —agregó Jack, respirando hondo y acomodándose los lentes.

—¿Qué es una base lunar? —preguntó Annie.

Jack miró el libro y se puso a leer en voz alta:

Cuando los científicos visitan la Luna por períodos cortos, utilizan la base lunar para comer y dormir.

—¡Es un hotel espacial! —agregó Annie.

—Algo así —contestó Jack. Y continuó leyendo:

> La pequeña base lunar posee una cámara de aterrizaje y una habitación para guardar la vestimenta espacial. La respiración dentro de la base es posible gracias a un control del aire y de la temperatura.

—Ahora entiendo por qué podemos respirar sin problemas —dijo Jack.

—Exploremos la base. Tenemos que encontrar la cuarta cosa con "M" —sugirió Annie.

—No, primero debemos estudiar este dibujo —dijo Jack mientras sacaba el cuaderno de la mochila.

—Estúdialo tú —dijo Annie.

Jack copió el dibujo en su cuaderno y, después, dibujó la casa del árbol dentro de la estructura lunar.

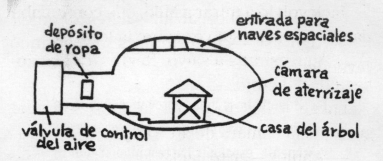

entrada para naves espaciales

depósito de ropa

cámara de aterrizaje

casa del árbol

válvula de control del aire

—Bueno, nosotros estamos *aquí* —dijo Jack, señalando una X que había escrito en su dibujo.

Apartó la mirada del cuaderno y notó que su hermana ya no estaba allí.

—¡Caray! —exclamó. Como de costumbre, Annie se había marchado sin su hermano, antes de que los dos pudieran crear un plan.

Jack guardó el lápiz y el libro de la Luna dentro de la mochila, se la colgó de los hombros y salió por la ventana de la casa del árbol, con el cuaderno bajo el brazo.

¡Cric! ¡Cric!

Jack volvió a mirar a Miki, que continuaba dando vueltas, esta vez sobre la letra "M".

—Aquí estarás a salvo. Regresaremos enseguida —le dijo.

Luego, saltó fuera de la casa sobre el suelo de la cámara de aterrizaje.

—¡Annie! —gritó Jack.

No hubo respuesta.

Según su dibujo, tenía un único camino.

Así que caminó varios pasos, subió por una pequeña escalera y se detuvo en el descanso.

—¡Apúrate, Jack! —Annie estaba parada al final del descanso, en la válvula de control del aire, espiando por la ventana de una puerta gigante.

Jack corrió hacia su hermana. Annie se hizo a un lado para que su hermano pudiera ver por la ventana.

—¡Por todos los dioses! —exclamó él. Lo que vio, le cortó la respiración.

Se quedó contemplando el suelo rocoso de color gris, atestado de montañas y enormes cráteres. Se veía el Sol, pero ¡el cielo estaba oscuro!

—Saluda a la Luna —dijo Annie en voz muy baja.

3

¡Ábrete, Sésamo!

—La cuarta cosa debe de estar ahí afuera —dijo Annie.

Junto a la puerta había un botón con un pequeño cartel que ponía: ABRIR. Annie alzó el brazo para oprimir el botón.

—¡Espera! —gritó Jack agarrándole la mano—. En la Luna no hay oxígeno, ¿lo recuerdas?

—Está bien. Pero tenemos que salir a buscar la cuarta cosa.

—Veamos lo que dice el libro —dijo Jack. Sacó el libro de la Luna de la mochila y lo hojeó hasta que encontró un dibujo de la su-

perficie lunar. Luego, se puso a leer en voz
alta:

> Un día en la Luna equivale a catorce días en
> la Tierra. Durante el día, la temperatura lu-
> nar alcanza los 260°, ya que ninguna capa de
> aire protege a la Luna de los rayos solares.

Jack miró a su hermana.

—¿No te dije que si salíamos de día nos
calcinaríamos? —dijo Jack.

—¡Ay, no! —exclamó Annie.

Jack continuó leyendo:

> Para realizar sus tareas de investigación en
> el espacio, los científicos usan trajes espa-
> ciales que mantienen el cuerpo a una tem-
> peratura normal. Además, utilizan tanques
> de oxígeno, los cuales tienen dos horas de
> duración.

—¿De dónde vamos a sacar los trajes?
—preguntó Annie. Miró para todos lados y

corrió hacia el pie de la escalera. —Tal vez están allí adentro —dijo señalando una pequeña puerta.

Jack observó el mapa con atención.

—Fijémonos en el depósito de ropa —sugirió Jack.

—No mires la puerta del dibujo. ¡Mira la puerta *verdadera*! —dijo Annie.

Jack levantó la mirada. Annie estaba espiando a través de la pequeña puerta.

—Hay un montón de prendas espaciales aquí —dijo Annie.

Jack se acercó a su hermana para mirar.

Numerosos trajes blancos colgaban de varias perchas. Había tanques de oxígeno, cascos, guantes y decenas de botas sobre unos estantes, acomodadas ordenadamente, una al lado de la otra.

—¡Guauu! Parece la armería del castillo —dijo Jack.

—Sí, tienes razón —agregó Annie.

—Podemos ponernos el traje encima de nuestra ropa —sugirió Jack.

Annie se puso el traje más pequeño que encontró y Jack, la talla que le seguía a la de su hermana.

Luego, Annie aseguró el tanque de oxígeno de su hermano.

—Gracias —dijo Jack.

Y después, él hizo lo mismo con el tanque de su hermana.

—Gracias, Jack —dijo ella.

—Ahora, los guantes —dijo Jack.

—Y ahora las botas —dijo Annie. Y cada uno tomó un par de botas del estante.

—Nos falta el casco —agregó Jack, estirándose para agarrar uno—. Uy, ¡qué livianos son! Pensé que iban a ser tan pesados como los cascos del castillo.

Annie y Jack se pusieron los cascos y cada uno ajustó el del otro para que quedaran firmes.

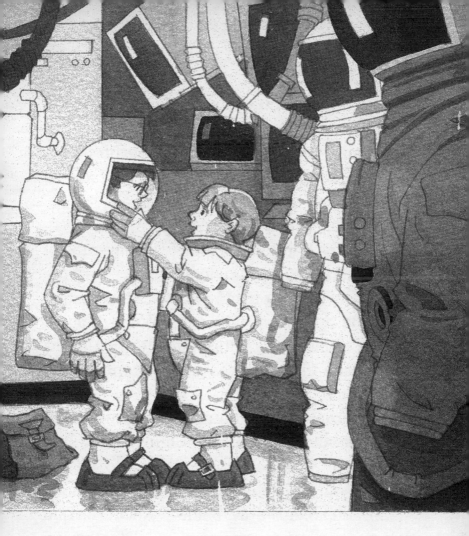

—No puedo mover la cabeza para ningún
lado —dijo Annie.

—Yo tampoco —agregó Jack—. Tratemos de caminar.

Annie y su hermano se deslizaron torpemente por la pequeña habitación. Jack se sentía como un muñeco de goma.

—Baja el visor —dijo Annie.

Los dos bajaron el visor transparente. El casco de Jack se llenó de oxígeno.

—¡Puedo respirar! —gritó Annie emocionada. Su voz retumbó en los oídos de Jack.

—Cuidado, no grites tan fuerte. Dentro del casco el sonido es más potente —explicó Jack.

—Perdón —agregó Annie en voz muy baja.

Jack volvió a guardar el libro de la Luna dentro de la mochila y se la colgó de los hombros.

—¡Muy bien! —dijo Jack—. Recuerda que el oxígeno del tanque dura sólo dos horas. Así que tendremos que apurarnos para encontrar la cuarta cosa.

—Espero que podamos encontrarla enseguida —dijo Annie.

—Yo también —agregó Jack. Él sabía que
hasta que no la encontraran no podrían regresar al hogar.

—Bueno, andando —dijo Annie, dándole
un pequeño empujón a su hermano.

—Cuidado, nada de errores —dijo Jack—.
Si nos caemos al suelo con esta ropa, no podremos levantarnos.

—¡Vamos! ¡No perdamos tiempo! —dijo
Annie, empujando a su hermano. Y se di-
rigieron a la válvula de control del aire.

—¿Estás listo? —preguntó Annie—.
¡Ábrete, Sésamo! —dijo y presionó el botón
de la pared. La puerta que estaba detrás de
Jack y de su hermana comenzó a cerrarse
lentamente. Luego, la puerta que estaba delante de ellos se abrió de golpe.

Annie y Jack pisaron el suelo de la Luna
por primera vez.

4
Como dos canguros

—¡Uyyy! ¡Guau! —exclamó Annie dando un paso hacia adelante.

Jack se quedó quieto en el lugar. Primero, quería echar un vistazo a la escena ante sus ojos.

Observó el suelo y notó que estaba parado sobre una capa de polvo gris, casi tan fina como el talco.

Había pisadas por todo el terreno. Jack se preguntó quién las habría hecho.

Luego buscó el libro de la Luna dentro de la mochila y al sacarlo quedó atónito; ¡el libro era liviano, como una pluma!

Jack encontró un dibujo en el que se veían huellas sobre el suelo lunar y leyó lo que decía:

Las huellas nunca se borran del suelo lunar, ya que allí nunca llueve y tampoco sopla el viento. De manera que estas huellas nunca desaparecerán de forma natural, ni siquiera en un millón de años.

—¡Increíble!— exclamó Jack.

La Luna era el sitio *más* sereno que había visto en toda su vida. Tan quieto e inmóvil, como un cuadro.

Jack se quedó contemplando el cielo de color negro. A lo lejos, una bola azul y blanca brillaba con intensidad.

Era la *Tierra*.

En ese momento, por primera vez, Jack tomó conciencia de que estaba en el espacio.

—¡Mira! —gritó Annie con entusiasmo.

Y pasó saltando por delante de Jack, como si tuviera resortes en los pies, como si volara.

—Soy un canguro espacial —dijo.

Jack se rió a carcajadas. "¿Cómo lo hace?", se preguntó. Luego, dio vuelta a la página y leyó lo siguiente:

Debido a la falta de aire y a la baja gravedad que existe en la Luna, el peso de una persona en dicho satélite es mucho menor en comparación con el peso de ésta en la Tierra. Si un niño pesa 60 libras en la Tierra, su peso correspondiente en la Luna será de 10 libras aproximadamente.

—¡No te quedes ahí leyendo! —dijo Annie. Le arrebató el libro de las manos y lo tiró al suelo.

Para sorpresa de los dos, el libro ni siquiera tocó el suelo, se alejó flotando por el aire.

Sin perder tiempo, Jack trató de alcanzarlo, saltando y saltando de aquí para allá.

¡*Boing!* ¡*Boing!* ¡*Boing!* Se sentía liviano, como una pluma.

—¡Mírame, Annie! ¡Yo también soy un canguro espacial!

Cada vez que Jack saltaba desparramaba el polvo del suelo, el cual quedaba flotando en el aire, como una nube de talco.

De pronto, el libro aterrizó en el borde de un cráter.

Jack trató de detenerse para levantar el libro, pero resbaló y se cayó de costado. Hizo un esfuerzo por ponerse de pie, pero no pudo recuperar el equilibrio.

Luego, lo intentó nuevamente. Pero con el traje espacial, no podía moverse con facilidad.

—¿Estás bien, Jack?

—No puedo levantarme —respondió.

—Eso te pasa por saltar como un loco —dijo Annie, regañando a su hermano.

—Tú lo hiciste primero. Ahora, ayúdame a levantarme —agregó Jack.

Annie avanzó hacia su hermano.

—Ten cuidado, no vayas a caerte, Annie.

—No te preocupes —contestó ella mientras se acercaba rebotando contra el suelo lentamente.

—Dame la mano, Jack.

Annie sostuvo con fuerza la mano de su hermano, apoyó un pie junto al pie de Jack y tiró para levantarlo.

—Gracias —dijo él.

—No fue difícil hacerlo, eres tan liviano como una pluma —agregó Annie.

—Gracias a Dios —dijo Jack—. Jamás hubiera podido ponerme de pie sin tu ayuda. Levantó el libro de la Luna, que estaba cubierto de polvo.

—¡Guauuu! ¡Mira, Jack! —dijo Annie, de pronto, parada junto al cráter.

—¿Qué es eso? —preguntó Jack.

—¡Un jeep espacial! —contestó ella.

El vehículo, de cuatro enormes ruedas, se encontraba dentro de un cráter.

—Vamos a dar una vuelta —dijo Annie.

—No podemos. No nos va a alcanzar el aire del tanque. ¿Ya te olvidaste de que sólo dura dos horas? —agregó Jack.

—¡Seguro que si usamos el jeep, encontraremos más rápido lo que vinimos a buscar! —dijo Annie saltando en dirección al cráter.

—¡Pero no sabemos manejar! —dijo Jack.

—Apuesto que yo puedo manejar *esa cosa*. Debe de ser muy fácil. Ven, sígueme, Jack.

Annie se sentó de un salto en el asiento del conductor.

—¡No tienes licencia para conducir! —dijo Jack.

—¿Y eso qué importa? En la Luna no hay semáforos, ni policías —comentó Annie.

"Tiene razón", pensó Jack.

—Bueno, está bien. Pero no vayas muy rápido —dijo. Y se sentó en el asiento del copiloto.

Annie presionó el botón de encendido.

El jeep espacial disparó hacia atrás.

—¡Uyyy! —exclamó ella.

—¡Aprieta el freno! —gritó Jack.

Annie presionó uno de los pedales. El jeep se detuvo de golpe.

—¡Uf! —exclamó.

—Estaba en marcha atrás —dijo Jack—. Déjame estudiar esto.

Pero antes de que Jack pudiera averiguarlo, Annie presionó otro botón.

El jeep retrocedió y las ruedas delanteras comenzaron a elevarse.

—¡Quiero salir de aquí! —dijo Jack.

Annie presionó otros dos botones más.

Las ruedas delanteras volvieron a su sitio. Y el jeep avanzó hacia adelante.

—¡*Despacio!* —gritó Jack.

—No puedo —contestó Annie—. No sé cómo hacerlo.

Annie trató de llevar el jeep por el camino de las huellas. Las enormes ruedas evitaban que se enterrara en el polvo.

—¡Cuidado! —dijo Jack.

De pronto, el jeep salió de golpe del cráter, levantando una terrible polvareda.

5

¡Agárrate fuerte!

Annie condujo el jeep por entre los cráteres y los montículos de polvo. El pequeño auto espacial saltaba y se sacudía como un potro salvaje.

—¡Ahora voy hacia *allá*! —dijo Annie, señalando una abertura entre dos montañas.

Jack estaba tieso como una estatua, con las dos manos agarradas del guardabarros.

El jeep traspasó la abertura con la rapidez de un rayo.

Del otro lado, el suelo era aún más rocoso.

—¡Fí-fíjate si encuentras la cuarta cosa! —dijo Annie saltando sin cesar.

Jack continuó regañando a su hermana. Era imposible observar el terreno a semejante velocidad.

—¡Más de-despacio! —gritó Jack.

—¿Qué?

—Pi-pisa el freno, vamos —dijo Jack.

Annie presionó el pedal del freno lentamente.

El jeep disminuyó la marcha. Jack suspiró aliviado. El camino era muy irregular, pero al menos podía observar el terreno con mayor precisión.

Nunca había estado en un sitio tan inhóspito y descolorido.

No había árboles, ni agua, ni nubes, sólo rocas gigantescas de color gris. Y *la bandera de Estados Unidos*.

—¡Mira! —exclamó Jack—. ¡Esta bandera fue colocada por los primeros astronautas que pisaron la Luna!

—Mira, Jack, ¡un telescopio! —dijo Annie,

asombrada, mientras acercaba el jeep hacia
la bandera. Luego, presionó el freno y detuvo el vehículo.

Annie y Jack salieron del jeep de un salto.

Los dos caminaron lentamente hacia el
sitio del primer aterrizaje. Junto a la bandera había un pequeño letrero. Annie lo leyó
en voz alta:

En este lugar,
unos hombres del planeta Tierra
pisaron la Luna por primera vez
Julio 1969 d.c.
Venimos en son de paz
en nombre de la humanidad.

—¡Qué bonito mensaje! —dijo Jack.

Y le dio el libro de la Luna a su hermana. Luego, sacó el lápiz y el cuaderno de la mochila y copió lo que decía el letrero.

—Dejemos un mensaje, Jack.

—¿Qué podemos escribir? —preguntó él.

—Escribamos lo mismo, pero aclaremos que nosotros somos los primeros niños en pisar la Luna.

Jack dio vuelta a la página de su cuaderno y escribió el mensaje en letras grandes.

—Ahora, fírmalo —sugirió Annie.

Jack firmó debajo del mensaje.

Y, después, le entregó el cuaderno a su hermana para que hiciera lo mismo.

Luego, Jack arrancó la hoja y la colocó junto a la bandera.

Hoy, dos niños del planeta Tierra pisaron la Luna por primera vez, por la paz de todos los niños del mundo.

JACK
ANNIE

El mensaje estaría allí para siempre. La ausencia de lluvia y viento lo permitiría, a menos de que alguien decidiera borrarlo.

Jack se sintió impresionado ante la idea de que algo pudiera durar "para siempre". Sacudió la cabeza para despejar la mente. Y, después, se acordó del tanque de oxígeno. ¿Habrían pasado ya las dos horas?

—Ojalá tuviera un reloj —dijo—. Debe de faltar muy poco para que se agote el oxígeno.

—¡Guau! ¡Un habitante de la Luna! —dijo Annie en voz alta.

—¿Qué? Jack se dio la vuelta para mirar a su hermana.

Annie estaba mirando a través del telescopio.

Al verla, Jack se acercó a ella. Annie se hizo a un lado para que su hermano pudiera ver.

Jack se quedó sin aliento. A lo lejos, vio que algo volaba por encima del suelo.

Al parecer, *era un gigantesco hombre en traje espacial.*

6

Lo más alto
que puedas

—¿Quién *será*? —preguntó Jack.

—No lo sé —respondió Annie—. No te preocupes. ¡Enseguida lo averiguaremos! —Y comenzó a saludar en dirección al extraño hombre que se acercaba en dirección a ellos.

—¡No! —dijo Jack, agarrándole el brazo a su hermana—. ¡Volvamos a la base antes de que llegue!

—¿Por qué? —preguntó Annie.

—Ni siquiera sabemos quién es —dijo Jack—. Podría hacernos daño.

—Pero no podemos regresar —agregó Annie—. Aún no hemos encontrado la cuarta cosa. Sin ella no podremos volver a casa.

—No importa. Podemos escondernos en la base hasta que él se vaya —sugirió Jack—. Y así, podríamos llenar los tanques.

Jack se dirigió rápidamente hacia el jeep.

—¡Vamos, Annie! —dijo y se sentó de un salto frente al volante.

Annie saludó al pequeño punto blanco que se veía a lo lejos y se sentó al lado de su hermano.

El pequeño jeep espacial partió al instante.

—¡Cuidado! —gritó Annie, mientras avanzaban hacia el paso entre las dos enormes rocas, esquivando los obstáculos del camino.

Jack condujo el jeep por entre los cráteres y las rocas a una velocidad tan alta que por poco termina volcándolo.

—¡Uyyy!, ¡más despacio! —gritó Annie.

Ya estaban muy cerca del cruce entre las dos montañas.

De pronto, delante de ellos, se levantó una enorme nube de polvo. Y el suelo tembló con fuerza.

—¡Cuidado! —volvió a gritar Annie.

Jack no podía ver nada.

De repente, afincó el pie en el freno y el jeep se detuvo de golpe.

La nube de polvo comenzó a aclararse.

Una roca gigante había caído justo en el medio de las dos montañas impidiendo el paso hacia el otro lado. ¡Annie y Jack estaban atrapados!

Con frecuencia, sobre la superficie lunar, se desatan precipitaciones de rocas de diversos tamaños, provenientes del espacio. A estas rocas se las denomina meteoritos.

—Tuvimos suerte, Annie, ese meteorito podría haber caído encima de nosotros.

—Sí, tienes razón. ¿Sabes, Jack? No creo que esta roca sea la que estamos buscando, es demasiado grande —comentó Annie, de

43

pie junto al meteorito, dos veces más grande que ella.

Jack alzó la mirada y observó el cielo ennegrecido, ya no podía divisar el punto blanco a la distancia.

—Vamos a tener que saltar por encima del meteorito —sugirió Annie.

—¿Te has vuelto loca? Es demasiado alto —agregó Jack.

—No importa, lo voy a intentar —dijo Annie.

—Espera, primero tenemos que planear algo —comentó Jack.

Pero Annie ya había retrocedido unos pasos para tomar impulso.

—¡Uno, dos y.... tres! —gritó y se abalanzó hacia adelante a toda carrera.

Cuando estuvo cerca del meteorito, Annie frenó de golpe y saltó por encima de éste.

—¡Annie! —gritó Jack. Pero no recibió respuesta.

—¡Otra vez! —exclamó Jack. Tomó impulso y saltó por encima del meteorito, lo más alto que pudo, volando por el aire.

Al tocar el suelo, Jack cayó de cara contra el polvo.

Trató de ponerse de pie, pero con su traje espacial no podía moverse con facilidad. Luego, trató de rodar por el suelo, pero era más difícil todavía.

—Oh, no —gruñó—. Otra vez, no.

—Jack, ¿dónde estás? ¿Pudiste saltar?

—¡Sí! —Jack se sintió aliviado al oír la voz de su hermana. Pero no podía voltear la cabeza para verla.

—¿Puedes ayudarme? —le preguntó.

—No, no puedo.

—¿Por qué no?

—Yo también me caí —agregó Annie.

—¡Vaya! —exclamó Jack entre suspiros—. Ahora sí que la hemos hecho.

Luego intentó ponerse de pie, pero volvió a caerse.

—¿Ves algo? —preguntó.

—Lo único que veo es el cielo. ¡Que extraño! —exclamó Annie.

—Me preocupan los tanques de oxígeno. Creo que ya pasaron las dos horas —agregó Jack.

—Ja-Jack —gritó Annie de pronto.

—¿Qué habrá pasado con el habitante de la Luna? ¿Dónde habrá ido? —se preguntó Jack en voz alta.

—¡Jack! —susurró Annie.

—¿Qué pasa?

—Mira... —agregó ella—, el hombre de la Luna está aquí.

—¿*Cómo*?

—Está flotando encima de mi cabeza.

7

El hombre de la Luna

De pronto, Jack oyó la voz de su hermana.

—Hola —dijo ella—. Hemos venido en son de paz.

Luego, no se oyó más nada. El corazón de Jack se le salía del pecho. De repente, oyó la voz de Annie otra vez:

—Gracias. Ahora tengo que ayudar a mi hermano.

Un momento después, Annie tomó a Jack de los hombros y lo colocó de espaldas contra el suelo.

Después lo tomó de las manos y lo levantó.

—Gracias —dijo Jack, una vez que estuvo de pie.

El hombre de la Luna estaba a unos pies de distancia. Tenía el rostro cubierto por un casco de metal.

Parecía un extraterrestre. Un *enorme* hombre espacial, con un tanque gigantesco en la espalda.

—¡Eso que tiene en la espalda es un equipo de propulsión a chorro! —dijo Jack—. He visto fotos de astronautas volando con esa cosa en la espalda. Es como un cohete en miniatura, ¿no?

El hombre de la Luna permaneció en silencio.

—No creo que pueda oírnos —comentó Annie.

—Sí, tienes razón. Será mejor que use papel y lápiz —dijo Jack.

—Muy buena idea —agregó Annie.

Jack sacó el lápiz y el cuaderno de la mochila y escribió lo siguiente:

Somos Jack y Annie. Venimos de Estados
Unidos en son de paz. ¿Tú quién eres?

Jack le dio el cuaderno al hombre de la
Luna.

Él miró el lápiz, observó el mensaje y dio vuelta a la hoja del cuaderno.

Annie y Jack se quedaron mudos observando al hombre mientras escribía algo en el papel.

Finalmente, le devolvió el cuaderno a Jack.

Annie y su hermano observaron con cuidado el conjunto de trazos que el hombre había dibujado.

—Son estrellas —dijo Annie.

—Tal vez sea un mapa del espacio —comentó Jack.

—¿Un mapa del espacio? —preguntó Annie—. ¡Oye, Jack, *mapa* empieza con "M"!

—¡Exacto! —exclamó Jack—. ¡Ésta debe de ser la cuarta cosa!

—Vamos a preguntarle qué significa este mapa —agregó Annie, volviéndose hacia el hombre de la Luna.

—Nunca lo sabremos —dijo Annie.

—¿Por qué? —preguntó Jack, levantando la vista del mapa.

—Por eso —respondió Annie, señalando hacia arriba. El hombre de la Luna se alejaba volando por encima de las montañas.

—¡Gracias! —gritó Annie.

8

Estrella por estrella

—¿Quién *era* ese tipo? —preguntó Jack de pronto—. ¿Qué habrá querido decirnos con este mapa?

—No tengo idea —contestó Annie—. Pero, ¿por qué no tratamos de averiguarlo?

Jack respiró hondo:

—Sí, va a ser mejor que nos apuremos. Creo que se me está acabando el oxígeno del tanque, cada vez se me hace más difícil respirar.

—A mí también —agregó Annie.

—Camina despacio, trata de disminuir la respiración —le aconsejó Jack.

Lentamente, Annie y su hermano avanzaron en dirección a la base lunar, dando pasos tan largos que parecían flotar en el aire. En un intento por no agotar el oxígeno, Jack se esforzaba por aguantar la respiración, como si estuviera debajo del agua.

Cuando llegaron a la cúpula blanca, Jack se había quedado prácticamente sin aire.

Annie presionó el botón de la enorme puerta de entrada y ésta se abrió de inmediato. Luego, la puerta se cerró detrás de ellos y, al instante, se abrió la puerta del pasillo.

Jack levantó el visor del casco y cargó de aire los pulmones con todas sus fuerzas. Luego, exhaló aliviado.

—¡Ahhhh! —exclamó.

—Saquémonos los trajes —sugirió Annie.

—Sí, buena idea. —Jack no veía la hora de volver a mover las piernas y los brazos con total libertad.

Una vez dentro de la habitación donde se guardaba la ropa, cada uno ayudó al otro a quitarse el casco, los guantes y las botas y, finalmente, se quitaron el traje espacial.

—¡Puf! —exclamó Jack. Se quitó los lentes y se frotó los ojos.

Qué fantástico era sentirse libre otra vez, aunque ya no pudiera flotar por el espacio, como una pluma.

—¡Apúrate, Miki nos está esperando! —dijo Annie.

Y bajó los escalones dirigiéndose hacia la luminosa cámara de aterrizaje.

—¡Por fin! —dijo en voz baja.

Jack sintió alivio al ver que la casa del árbol aún estaba allí. Muy pronto estarían de regreso en casa. Ya casi no podía esperar.

Annie y su hermano entraron en la casa del árbol por la ventana.

—¡Ya estamos aquí, Miki! —dijo Annie.

¡Cric! Miki corrió de inmediato hacia la letra "M".

—¡Te extrañamos mucho, pequeña!

—agregó Annie, mientras le acariciaba la cabeza—. ¿Sabes?, encontramos a un hombre de la Luna —le dijo.

—Perdóname, Miki. Pero tendrás que correrte de ahí. Debo colocar el mapa sobre la letra "M" —dijo Jack.

Muy suavemente, Annie alzó a Miki en los brazos.

Jack arrancó la hoja del cuaderno donde estaba el mapa y la colocó sobre la letra "M" junto a las demás cosas; el hueso de mamut, el mango y la piedra de mármol.

Suspiró satisfecho y se sentó en el suelo.

—Dame el libro de Pensilvania, Annie—. Lo necesitaban para regresar al hogar.

No hubo respuesta.

Jack se dio la vuelta para mirar a su hermana.

—Algo no está bien, Jack. El libro de Pensilvania no está aquí.

¿Cómo? ¿Acaso se habían equivocado de cosa?

Ambos observaron el interior de la casa del árbol en completo silencio.

—No está por ningún lado —dijo Annie.

—¡Oh, no! —Jack estaba desconcertado. De repente, levantó el mapa del suelo y lo estudió con cuidado.

Cric, Cric. Miki saltó de los brazos de Annie y se volvió a parar sobre la letra "M".

—Tengo una idea —dijo Jack y sacó el lápiz de la mochila.

—¿Qué vas a hacer? —preguntó Annie.

—¿Sabes cómo se forman las constelaciones? —preguntó Jack—. Se unen todas las estrellas, una por una. Veamos qué sucede si unimos las estrellas de este dibujo. Jack trazó una línea uniendo todos los puntos del dibujo.

—Déjame ver —dijo Annie.

Jack asomó el papel a la luz para que los dos pudieran observarlo.

—Parece la forma de un ratón —dijo Annie.

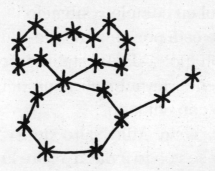

—Así es —agregó Jack.

—¿Hay alguna constelación con forma de ratón? —preguntó Annie.

—Creo que no —contestó Jack.

Cric, se oyó de pronto.

Annie y Jack miraron a Miki que estaba parada sobre la letra "M".

—Oye, Jack —susurró Annie—. Creo que sé lo que es la cuarta cosa.

—Yo también —dijo—. Es...

—¡Miki! —gritaron los dos a la vez.

Cric, Cric.

—*¡Piedra de mármol, mango, hueso de mamut, Miki!* Tal vez ésta sea la frase para romper el hechizo —dijo Annie.

Mientras tocaba cada una de las cuatro cosas con "M", Jack repitió la frase en voz baja una y otra vez:

"Piedra de mármol, mango, hueso de mamut, Miki".

—Repitamos la frase varias veces para ver qué pasa —sugirió Annie.

Y, juntos dijeron:

"Piedra de mármol, mango,
hueso de mamut, Miki".
"Piedra de mármol, mango,
hueso de mamut, Miki".

De pronto, un destello cegador iluminó el interior de la casa del árbol.

Resplandecía con más intensidad a cada instante, formando un remolino de luz.

Después, todo volvió a la calma.

Miki había desaparecido.

Frente a Annie y a Jack, apareció Morgana le Fay.

9

Morgana

—Gracias —dijo Morgana—. Me han liberado del hechizo del mago.

Jack se quedó mirando a Morgana en silencio.

—¿*Tú* eras Miki? —le preguntó.

Morgana sonrió e inclinó la cabeza hacia adelante.

—¿De veras? ¿Estuviste con nosotros en todas nuestras aventuras? —preguntó Jack.

Morgana volvió a inclinar la cabeza hacia adelante.

—Entonces, si tú estuviste todo el tiempo con nosotros, ¿para qué vinimos hasta aquí en busca de un ratón? —insistió Jack.

—Era necesario venir a la Luna para romper el hechizo —dijo Morgana—. En realidad, lo podrían haber roto tan pronto llegamos.

—Eso es lo que Miki, quiero decir *tú*, tratabas de decirnos —agregó Annie—. Ni siquiera era necesario abandonar la base.

Morgana contestó que sí con una sonrisa.

—¡Pero el hombre de la Luna vino a ayudarnos! —dijo Annie—. ¡Él fue quien nos dibujó la constelación del ratón! ¿Es amigo tuyo?

Morgana se encogió de hombros y dijo:

—Bueno, podría decirse que tuvimos una pequeña charla. Él se detuvo en la base lunar mientras ustedes exploraban el terreno.

—La misma charla que tuviste con el Maestro ninja, con el mono y con el hechicero, ¿verdad?

—Yo fui quien guió a los que les brindaron ayuda en cada misión —aclaró Morgana.

—¿Pero cómo se las arreglaban para en-

tenderte? ¿Cómo se hace para hablar con un ratón? —preguntó Jack.

—Algunas personas son muy sabias y pueden comprender el lenguaje de las criaturas más pequeñas —agregó Morgana.

—¡Seguro que eras tú la que le daba vueltas a las páginas de los libros! —dijo Annie—. ¡Para indicarnos el lugar de nuestro próximo destino!

Morgana respondió que sí con la cabeza.

—¿Pero quién te convirtió en un ratón? —preguntó Annie.

Morgana se puso seria y contestó:

—Una persona que adora hacerme trampas, su nombre es Merlín.

—¡Merlín, el mejor mago de todos los tiempos! —dijo Jack.

—No te creas que es tan bueno. Ni siquiera sabe que tengo dos amigos valientes que me ayudan.

—¿Nosotros? —preguntó Annie con timidez.

Morgana volvió a inclinar la cabeza hacia adelante.

—Sí, y les doy las gracias a los dos de todo corazón.

—No fue nada —contestaron Annie y Jack.

Morgana les entregó el libro de Pensilvania: —¿Están listos para volver a casa? —preguntó.

—¡Sí! —contestaron a dúo.

Annie apoyó el dedo sobre el bosque de Frog Creek y dijo:

—Queremos regresar a casa.

La casa del árbol empezó a girar.

Más y más rápido cada vez.

Después, todo quedó en silencio.

Un silencio absoluto.

Aunque, tan sólo por un momento.

10

De regreso en la Tierra

El bosque se despertó de golpe.

La brisa de la medianoche agitaba las hojas de los árboles.

De repente, se oyó el ulular de una lechuza.

Los sonidos del bosque eran suaves, pero llenos de vida.

Jack abrió los ojos y se acomodó los lentes.

Sonrió aliviado. Morgana aún estaba con ellos. Podía verla con el reflejo de la luz de la luna. Su larga cabellera blanca resplandecía intensamente.

—Morgana, quiero que tú y la casa del árbol se queden en el bosque de Frog Creek, ¿puede ser? —preguntó Annie.

—No, es imposible. Debo regresar a Camelot, he estado ausente por mucho tiempo —contestó Morgana.

Luego le dio la mochila a Jack y le acarició el rostro. Tenía la mano suave y fría.

—Aún tienes restos de polvo —le dijo—. Gracias por tu amor al conocimiento, Jack.

—De nada —contestó él.

—Y gracias por creer en lo imposible, Annie —le dijo tirándole de una trenza, cariñosamente.

—De nada —contestó ella.

—Bueno, ahora deben regresar a su hogar —dijo Morgana.

Jack sonrió pensando en ese mundo lleno de color donde las cosas tienen vida y cambian a cada instante.

—Adiós, Morgana —dijo Annie y salió de la casa del árbol.

Antes de irse, Jack miró a Morgana y le preguntó:

—¿Volverás pronto?

—No lo sé. Tal vez sí o tal vez no. El universo es una caja de sorpresas, ¿no es así, Jack?

Él asintió con la cabeza y sonrió.

—Bueno, ha llegado la hora de partir —dijo Morgana con suavidad.

Jack siguió a su hermana por la escalera colgante.

Luego, el viento comenzó a soplar.

El árbol empezó a sacudirse.

Un ruido ensordecedor aturdió a Jack. Enseguida cerró los ojos y se tapó los oídos.

Después, todo quedó en silencio. Nada se movía.

Jack abrió los ojos. La escalera colgante había desaparecido. Trató de mirar por entre las hojas del gigantesco roble. Pero, allí, donde había estado la casa del árbol, sólo quedaba la sombra de la luz de la Luna.

—Adiós, Morgana —susurró Jack por lo bajo.

—Adiós, Miki —dijo Annie.

Jack y su hermana se quedaron mirando la copa del árbol por un largo rato.

—¿Listo? —preguntó Annie.

Jack contestó que sí con la cabeza.

Y los dos emprendieron el regreso al hogar.

El aire de la medianoche era fresco y húmedo. En el bosque se oían los sonidos familiares de un lugar lleno de vida: la Tierra.

Annie y Jack abandonaron el bosque de Frog Creek y tomaron la calle de su casa.

De pronto, Annie miró al cielo y preguntó:

—La Luna está muy lejos de aquí, ¿verdad?

"Sí", pensó Jack.

—Me pregunto cómo hará el hombre de la Luna para vivir tan solo —comentó Annie.

—¿Qué quieres decir? —dijo Jack.

—Me pregunto quién lo ayuda a ponerse

el traje espacial o a levantarse cada vez que se cae —dijo Annie.

—Yo quisiera saber quién es —preguntó Jack.

—¿Tú quién crees que es? —agregó Annie.

—Debe de ser un científico o un astronauta de la Tierra —aclaró Jack.

—Creo que no. Para mí, es un ser de otra galaxia —agregó Annie.

—¿Por qué dices eso, Annie?

—Es una corazonada.

—Estás equivocada. No hay prueba de que exista vida en otras galaxias —dijo Jack.

—Aún no está comprobado, pero no olvides que nosotros estábamos en el futuro —insistió Annie.

—¡Vaya! —exclamó Jack.

Los dos cruzaron el patio de la casa y entraron por la puerta de atrás. Annie entró en la casa en puntas de pie. Jack entró detrás de ella.

Antes de cerrar la puerta, Jack observó la Luna.

"¿Acaso Annie tendría razón?", se preguntó. ¿El hombre de la Luna habría venido de otra galaxia?

De repente, Jack recordó las palabras de Morgana: *"El universo es una caja de sorpresas, ¿no es así, Jack?"*.

—Buenas noches, hombre de la Luna —dijo Jack bajito. Y cerró la puerta de atrás.

Mary Pope Osborne ha recibido muchos premios por sus libros, que suman más de cuarenta. Mary Pope Osborne vive con Will, su esposo, en la ciudad de Nueva York, y con su perro Bailey, un norfolk terrier. También tiene una cabaña en Pensilvania.